上海人民美术出版社

浙江人民美术出版社

孙子兵法

——

第十七册

# 目 录

**战 例** **曹操夜袭乌巢断敌粮**

编文：佚 佚

绘画：钱定华 刘德明 钱宏涛

**原　文**　饱能饥之。

**译　文**　敌人粮食充足能使它饥饿。

1. 东汉建安四年（公元199年）六月，袁绍选精兵十万，欲南下进攻曹操，以"南争天下"。第二年二月，在延津、白马两地与曹军接战，连败两仗。虽然丧失了颜良、文醜两员大将，但在兵力和经济实力上依然占有优势。

2. 凭借这些优势，袁绍在官渡（今河南中牟东北）连营数十里，与曹操兵马对峙数月。曹军虽连续打了几次胜仗，终因储粮供应不足，士兵疲乏，处境日益困难。曹操十分忧虑，急于寻找战机出战。

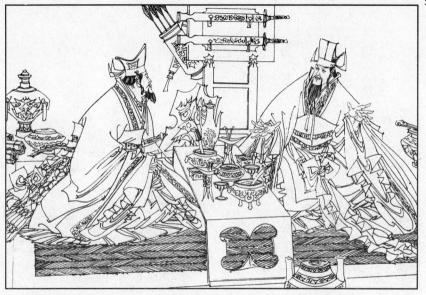

3. 正在这危难之际，袁绍的谋士许攸因受冤屈，来投奔曹操，并向曹操献计说："袁绍有万余车军粮屯于乌巢（今河南原阳东北），仅淳于琼带兵守卫。公如以轻兵袭击，出其不意，烧掉屯粮，袁氏就不战自败了。"

4. 许攸的建议使曹操看到袭击乌巢烧毁屯粮是关系全局胜负的重要一战。他立即决定留将军曹洪、谋士荀攸等人守卫大营，派曹仁、夏侯惇二将率兵埋伏大营左右，以保卫大营安全。

5. 曹操亲自率领步骑五千，冒用袁军旗号，人衔枚，马缚口，每人带一束柴草，利用黑夜，走小道向乌巢进发。

6. 途中遇到袁军盘问，他们就答："奉命去乌巢护粮！"袁军见来人尽是自家旗号，麻痹大意，一路放行。

7. 直至四更时，曹军到达乌巢，士兵们突然擂响战鼓，举着火把，冲进去放火烧粮。

8. 淳于琼从酣睡中惊醒，只见四处粮屯烟雾腾腾，烈焰熊熊，不知曹军来了多少人马，不敢盲目应战。

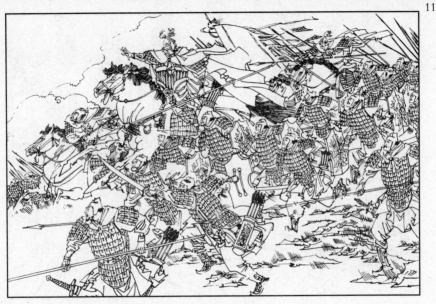

9. 待天明才发觉曹兵人数并不多，于是就督促士兵迎战。

10. 袁绍得知曹操袭击乌巢，听取郭图等人的意见，以为此时曹营必定空虚，是攻击官渡的好时机，决定派大将张郃、高览率军前往。

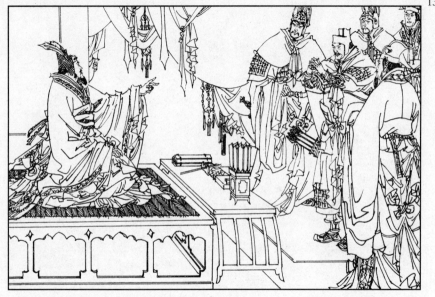

11. 张郃、高览等人认为当务之急应增援乌巢，但袁绍固执己见，只派
蒋奇率少许兵力支援淳于琼。

12. 曹操和淳于琼双方正在激战，忽有士兵向曹操报告："袁军的援兵来了！"

13. 曹操说："不必管他们，等他们来到我背后再来告诉我！"说着继续指挥将士向前冲杀。

14. 不久，乌巢被曹军攻下，淳于琼被斩，曹军士气大振，蒋奇率领的援军也被曹操回师击败。

15. 与此同时，张郃、高览率军从中路进攻曹营，遭到曹军奋力抵抗，久攻不克。

16. 不一会儿，夏侯惇、曹仁又从左右一齐杀出，三路夹攻袁军。

17. 袁军招架不住，正要败退，又逢曹操从乌巢赶回，四下围住袁军厮
杀，张郃、高览只得夺路而逃。

18. 蒋奇从乌巢败回袁营，袁绍大怒，正想严惩他，忽报张郃、高览也兵败而归，袁绍更是火上加油，立即派人召张郃、高览来营问罪。

19. 郭图闻讯，暗想：攻打曹营的计划正是自己提出来的，万一袁绍追究起来，如何是好？于是，他就捏造说，张郃、高览在怪罪袁绍，对战败有幸灾乐祸的情绪。

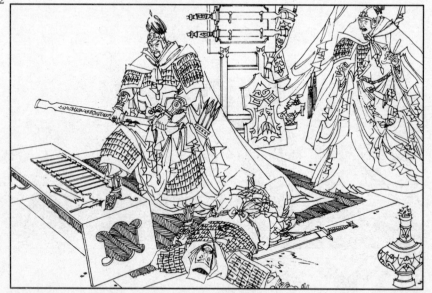

20. 高览闻讯，又怒又怕，自知去见袁绍必定没有好结果，干脆斩了传令使。

21. 张郃大惊，但一想此时确实已无路可走，只得与高览一同率本部人马投奔曹营。

22. 袁绍失去谋士许攸，又走了大将张郃、高览，加上乌巢粮仓被毁，顿时军心惶惶，斗志涣散，满营上下一片混乱，终于被曹操打败了。

# 拓跋焘引敌出城取统万

编文：甘礼乐 刘辉良

绘画：戴红杰 戴红俏 周冬莲

**原　文**　安能动之。

**译　文**　敌人驻扎安稳能使它移动。

1. 南北朝时期的北魏太武帝拓跋焘，是鲜卑族拓跋部所建北魏政权的第三代君主。他颇具雄才大略，有志结束当时十六国分裂割据的局面，统一中国北方。

2. 太武帝始光四年（公元427年）四月，拓跋焘命司徒长孙翰、常山王拓跋素、南阳王拓跋伏真等，率步骑九万三千人，进攻夏都统万（今陕西靖边白城子）。

3. 他本人于五月间从京都平城（今山西大同东北）出发，督兵继进，渡君子津（今内蒙古准格尔旗东北黄河上），抵拔邻山（今内蒙古准格尔旗境内）。

4. 扎营筑城既毕，拓跋焘打算撇下辎重粮草，径自带领轻骑三万，日夜兼程，加快先行。群臣劝阻道："统万城池坚固，非旦夕可拔，主上不可轻进。"

5. 拓跋焘笑道："用兵之术，攻城是下下之策，迫不得已才用此法。今若步兵、攻具同时并进，敌必坚壁以待，到时攻城不下，粮尽兵疲，进退无路，如何了得！"

6. 他认为，以三万之众，攻城虽嫌不足，决战绰绰有余，因而主张用轻骑直抵统万，再佯以弱兵姿态诱敌出战，可以一举而歼。群臣听了，个个心服。

7. 拓跋焘扬鞭急进，精骑逼近统万，按计分兵埋伏于深谷之中，只用数千人进到城下。

8. 统万城内，夏主赫连昌遣使请远在长安与魏军相持的兄弟赫连定带兵还援。这天获赫连定书，请他坚守勿出，待夺回长安失地，便即还救。夏主依议而行。

9. 没料到部将狄子玉，深夜缒城出去叛降北魏，向魏主报明城中定计坚守，只等赫连定回师，便要内外夹击来敌等情。

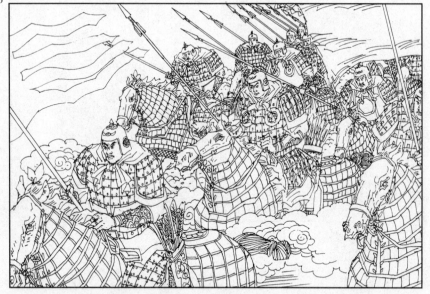

10. 拓跋焘只愁夏军不肯出战，闻报顿生一计，下令立即退兵，佯示虚弱以诱敌，并对撤退迟慢的本部军卒痛加鞭笞，纵使逃奔夏方。

11. 果真，逃奔夏方的魏兵，向夏主赫连昌透露魏营虚实，称军中粮尽，士卒食菜，辎重在后，步兵未到，宜及早迎头痛击。赫连昌大喜，精选步骑三万，出城突袭魏军。

12. 魏司徒长孙翰等，见夏兵布阵复杂，力劝魏主暂避交锋。拓跋焘坚持说："我远来求战，唯恐敌人坚守不出；今既引敌出城，岂可避而不击？"

13. 他胸有成竹，传令先行后退，假装不敌，诱夏军追赶，待追兵疲
惫，再回头猛击。于是且战且走，调动对方。

14. 夏兵果然分作两翼，鼓噪追上。约行五六里，突遇风雨从东南方来，一时飞沙走石，天昏地黑。

15. 魏主近宦赵倪通晓方术，对魏主说："今风雨从上方来，敌顺我逆，是天不助我之兆，愿陛下速避敌锋。"

42

16. 话音未落，太常崔浩在旁呵叱道："你胡说什么？我军千里远来，赖此决胜。敌贪进不止，后军隔绝，我正好发伏掩击。天道无常，全凭人事作主！"

17. 魏主连声称善，再诱夏兵到深谷之间，一声鼓号，伏兵齐起。双方短兵相接，拓跋焘又分骑为左右两队，抵挡夏军，自己一马当先，突入夏阵。

18. 夏尚书斛黎文持槊刺来，魏主揽辔一跃，不料马失前蹄，身随马仆。斛黎文见魏主坠马，催骑来捉，被魏将拓跋齐拦住。

19. 魏主脱险，乘斛黎文未及回马，腾身跃起，拔刀将斛黎文劈死，又策马驰突，杀死夏兵十余名。

20. 部下见主公身中数箭，仍然奋击不止，便跟着一齐杀上。夏兵大败，夏主赫连昌之弟赫连满、侄赫连蒙逊，在阵上相继被杀。

21. 赫连昌想要逃回城中，偏被魏主绕出马前，截住去路，没奈何拨马斜奔，逃往上邽去了。

22. 由于城中无主，魏军乘胜攻陷统万，俘获夏廷王公卿将及宫眷嫔妃一万多人，府库珍宝不计其数。夏失统万，从此一蹶不振，数年而亡。

# 孙膑围魏救赵战庞涓

编文：钱水土

绘画：卢 汶

**原　文**　出其所必趋。

**译　文**　出击的是敌人必然往救的地方。

1. 周显王十五年（公元前354年），魏惠王命大将庞涓率兵八万围攻赵都邯郸（今河北邯郸南）。

52

2. 魏军兵临城下，赵都邯郸十分危急。赵王只好遣使向他的东邻齐国求救。齐也正图向外发展，因此爽快地答应救赵。

3. 齐威王为了使结局有利于齐，只派田忌率领部分兵力与宋、卫一起，南攻魏国的襄陵（今河南睢县西）。这样，既可以牵制消耗魏国的实力，又不失信于赵，并可以使赵国依恃有外援而坚决抗魏。

4. 魏军在邯郸城下与赵军相持一年余，双方都显疲敝。齐威王眼见时机成熟，即命田忌为将，孙膑为军师，率领八万大军援救赵国。

5. 田忌打算直接率兵赴赵进攻魏军，孙膑劝阻道："现在魏国的精兵锐卒全在国外，而国内的防务却很空虚。如果我们率军直捣魏都大梁，魏军必然要回师自救，这样不就可以解邯郸之围了吗？"

6. 田忌听罢，觉得很有道理，便率领齐军径直向大梁（今河南开封西北）进发。

7. 齐军长驱直入，使魏惠王大为惊恐，急召大臣们商议，大臣们都认为只有召回在赵国的魏军，才能确保国内的安全。

8. 于是，魏惠王派人火速赶往赵国，命令庞涓撤去对邯郸的围攻，回师自救。

9. 田忌得知魏军已从邯郸撤离，认为大功告成，想要班师归国。孙膑却摇摇头，不以为然。

10. 田忌不解，孙膑道："魏军急于回师自救，星夜兼程，必然兵疲马乏。我看桂陵（今河南长垣西北）是他们的必经之地，如果我军在桂陵设下埋伏，以逸待劳，必可重创魏军。"

11. 田忌听了连声称妙。命令部队在桂陵设下埋伏，静静等待魏军到来。

12. 几天后，魏军果然来到桂陵。只见魏军将士一个个疲乏不堪，队伍散乱，军容不整。

13. 田忌见魏军进入了伏击圈，便命令齐军一齐杀出。魏军措手不及，被杀得溃不成军。庞涓率残兵败将落荒而逃，齐军大获全胜。

14. 田忌和孙膑率齐军胜利归国，受到齐威王的褒奖和赏赐。

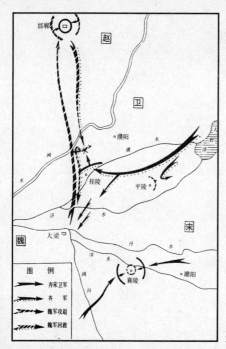

齐魏桂陵之战示意图

孙 子 兵 法
SUN ZI BING FA

**张献忠转战四川袭襄阳**

编文：即 子

绘画：庞先健 寒 山章 磊

**原　文**　行千里而不劳者，行于无人之地也。

**译　文**　行军千里而不劳累，因为走的是没有敌人阻挡的地区。

1. 明崇祯十二年（公元1639年）五月，张献忠、罗汝才率部重新起义，在罗猴山（今湖北房县西）大败前来镇压的左良玉部。

2. 当时，李自成去向不明，张、罗所领导的农民军最为强大。崇祯皇帝以礼部兼兵部尚书、东阁大学士杨嗣昌为督师，统帅大将左良玉、贺人龙、猛如虎等明军主力展开大规模的"围剿"。

3. 农民军在湖广、四川、陕西交界地区与杨嗣昌相持了近一年，由于众寡悬殊，农民军连遭挫折，形势十分险恶。

4. 为摆脱困境，崇祯十三年秋，张献忠、罗汝才率军离开官军主力云集
的湖北，进入四川。

5. 杨嗣昌急忙檄调川军阻截，自己率大军跟踪入川。川军总督一直是虚冒剥削，以致士兵衣甲褴褛朽敝，当然也毫无战斗力。听说义军入川，吓得上山躲避。农民军不战而过绝险。

6. 张献忠采取"以走致敌"的运动战术,四个月中,足迹几乎遍及四川,长驱几千里。四川地方州县毫无防御能力,农民军一到,州县守军非降即逃。

7. 杨嗣昌率数十万大军跟在农民军后面，在四川腹地千里游转，结果被拖得疲惫不堪，战斗力锐减。

8. 第二年正月，农民军进至开县黄陵城（今四川开县东）。此地丘陵起伏，地势十分险要。张献忠布置好军队，等待明军入伏。

9. 明军总兵猛如虎和其他部队赶到黄陵城附近已是人困马乏，这时又大雨不止，寒风凛冽，有将官提出休息一夜，待次日再战。

10. 参将刘士杰反对说："追击四旬，今才赶上，失了机会，让敌遁逃，罪由谁负？"猛如虎的两个儿子猛先捷、猛中捷也求胜心切，大声附和。

11. 猛如虎以为士气激昂可用，不顾人马疲惫，地形生疏，下令全面进攻。

12. 双方接战后，战斗非常激烈。张献忠登高瞭望，只见贺人龙部不战而退，左良玉部静观不出，明军已没有后续部队了。

13. 张献忠立即抓住战机，令精锐骑兵出击，一部分呐喊而下，杀入阵中，一部分绕到敌后将猛如虎的部队分割包围。

14. 农民军漫山遍野，个个勇气百倍，杀声震天。明军渐渐抵挡不住，但又无处可退。刘士杰、猛先捷、猛中捷等将领相继被击毙。

15. 猛如虎如困兽犹斗，率亲兵在阵中左冲右突。突然，战马受伤，将猛如虎掀翻在地。义军士兵扑上前去捕捉。

16. 中军马智冲上前救护猛如虎，将他挟上马背，突围溃逃。猛如虎的令旗、印信全都丢弃一空。

17. 张献忠歼灭了猛如虎的部队，拖垮了杨嗣昌，又抢在官军前面打出了四川，进入湖北。

18. 农民军东进至湖北当阳县时，探得襄阳城守备单薄。张献忠亲率轻骑，一日一夜奔驰三百里，到达杨嗣昌的老巢襄阳近郊。

19. 张献忠令大将李定国率领二十八骑，着明军服装，伪装解送官银的明军，来到襄阳城下。

20. 李定国递上缴获的军符和文书，守城官验看，没有差错，就开门放入。

21. 李定国刚入城门，就一刀砍翻守门兵士，其余义军一拥而上，占据城门。

22. 张献忠率领大队人马，蜂拥而来，乘乱入城。

23. 五千多名卫戍军，全部缴械投降。农民军没发一矢，就占领了襄阳。

24. 襄阳是明朝襄王封藩重地，襄王朱翊（yì）铭来不及出逃，被农民军俘获。

25. 张献忠坐在王宫大堂之上，拿着一杯酒对绑缚在堂下的朱翊铭说："我今天想借你的头，使远在蜀地的杨嗣昌负罪伏法（明朝的法律规定统帅守城不力，致藩王被杀，应处死刑），你应满饮此酒啊！"

26. 当即，朱翊铭、贵阳王朱常法以及一批高级官僚被绑在城头处斩。

27. 张献忠发银十五万两及大批米粮，赈济贫民，全城一片欢腾。

28. 杨嗣昌获悉农民军出川时，赶忙整军尾追。但沿途栈道、驿站全被
农民军的殿后部队罗汝才部焚毁，明军进军十分艰难缓慢。

29. 襄阳失陷半月后，杨嗣昌才赶到夷陵（今湖北宜昌），到这时，才听说襄阳失守，襄王朱翊铭被杀。杨嗣昌惊悸万分，上疏请死。

30. 当日，马不停蹄赶到荆州沙头市（今湖北沙市），又闻中原被李自成所占，洛阳失守，福王朱常洵也被杀了。根据明朝的法律，杨嗣昌自知罪无可赦，就自杀了。自此，明末农民战争进入了一个新的时期。

# 李自成攻敌无守破洛阳

编文：姚　瑶

绘画：王家训

原　文　攻而必取者，攻其所不守也。

译　文　进攻而必然会得手的，是因为进攻的是敌人无法防守的地点。

1. 明朝末年，统治者重征叠税，对百姓进行残酷剥削，加上连年灾荒，迫使广大民众倾家荡产，到处流亡。于是爆发了农民大起义。

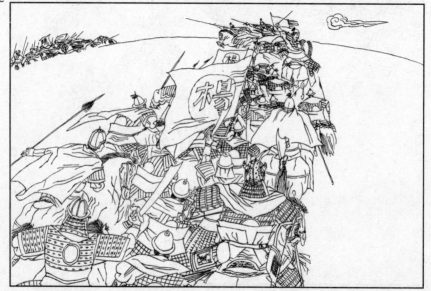

2. 崇祯十三年（公元1640年）七月，张献忠率领起义军突破明朝官军的围堵，进入四川。明督师杨嗣昌带领明军跟踪追击，主力大军全部进入四川。

3. 张献忠以半年多时间走遍四川各地，长驱五六千里，拖得明军疲惫不堪。第二年（公元1641年）正月，张献忠义军在开县（今四川开县）大败明军猛如虎部，使起义军声威大振。

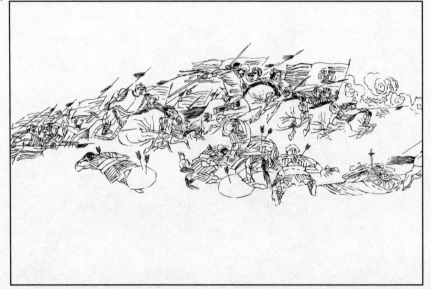

4. 由于明军主力在四川围追张献忠义军，河南的防务就很薄弱，给李自成率领的义军以可乘之机。崇祯十三年十二月，李自成的义军连克宜阳、偃师、新安等城，队伍迅速发展到数十万人。

5. 这些县城的攻克，为义军进取洛阳扫清了外围，李自成遂与部将商议：乘当前洛阳"城富而兵弱"的机会，攻取洛阳。

6. 古都洛阳，是豫西重镇，也是明朝福王朱常洵建藩的地方。由于常洵的母亲是明神宗朱翊钧的宠姬，神宗特别偏爱常洵，虽不能立其为太子，但在物质上却赏赐无数。

7. 福王自从就藩洛阳以来，他那穷奢极侈的生活，同当时河南百姓所遭受的穷困形成了鲜明的对照。福王府内是暴殄天物，荒淫无度；洛阳百姓却衣食不济，凄凉愁惨。

8. 崇祯十四年（公元1641年）正月十九日，李自成率义军进抵洛阳北门，开始攻城。守城的官军素知福王府库里的金银财物堆积如山，却叫自己这些没有填饱肚子的兵去守城，个个愤愤不平。

9. 有的士兵公然在路上大骂:"王府金钱百万,喝足吃饱,而令我等空肚子去送死么?"当李自成兵临城下时,守城的部分中下级军官和士兵毫无斗志,很快就转向义军方面,有的士兵甚至在城头欢呼。

10. 福王朱常洵处于生死存亡的紧急关头，却只关心自己的家财，命令亲兵保护府库，丝毫不问城头上的战况。

11. 经守城将令一再要求，朱常洵才不得已拨出王府白银三千两。然而却被总兵王绍禹等人私吞了。

12. 朱常洵忍痛再拨白银一千两，又不敷分配。士兵大哗，捆绑了兵备
道王允昌，打算杀死他以泄愤。

13. 官军士兵们在义军的鼓动下，杀守将、烧城楼，大开北门。义军蜂拥入城，总兵王绍禹被迫跳城逃走。

14. 李自成下令：收缴明军武装和马匹，逮捕企图反抗的文武官员，不准妄杀一人。首先逮捕了虽已告老回家，但仍倚势鱼肉百姓、横行不法的原兵部尚书吕维祺。

15. 此外，知府冯一俊、兵备道王允昌、知县张正学、推官卫靖忠等
人，也全被义军逮捕。

16. 义军进入藩王府，珠宝金银物资山积，李自成均派专人负责点收登记。接着，打开粮仓赈济穷苦百姓。

17. 福王朱常洵体重三百多斤，化装缒城逃跑后，实在无力行走，躲在城外迎恩寺，终于被义军搜获。

18. 百姓们听说逮捕了朱常洵和吕维祺，纷纷要求公开审判，公布罪状，明正典刑。李自成答应了大众的要求，即日杀了吕维祺，把朱常洵当众斩首，以泄民愤。洛阳城万众欢腾，全城鼎沸。

**战 例** ## 铁铉守其必攻拒朱棣

编文：江 娟

绘画：盛元富 玫 真 施 晔

原　文　守而必固者，守其所必攻也。

译　文　防御而必然能稳固的，是因为防守的是敌人必来进攻的地方。

1. 明建文元年（公元1399年），皇叔燕王朱棣以"清君侧"为名，在北平（今北京）起兵南下。建文帝特命老将耿炳文为征虏大将军率师讨燕。

2. 耿炳文率军北伐燕王，至滹沱河（河北石家庄以东）与燕军接战，大败而归。

3. 建文帝闻炳文兵败，十分焦虑。太常卿黄子澄推荐文臣李景隆继续率
  兵北伐。建文帝即任命景隆为大将军，并亲自为李景隆饯行。

4. 李景隆领兵至河间（今河北河间），又被燕军击败。李景隆只带着几个残兵逃到德州（今山东德州）。

5. 燕王朱棣亲率大军南下追击，进攻德州。燕军未到德州，李景隆先已出逃。朱棣不发一箭占领了德州城。

6. 此时，山东参政铁铉正督粮运往德州，得知李景隆败逃，决定将粮草运回济南，并与参军高巍商议后取得共识：燕王既以"清君侧"为名发兵南下，其目标必在都城金陵（南京）。济南是燕王必攻之地，须誓死坚守。

7. 于是，铁、高二人与济南守将盛庸、宋参军一起，整顿兵马，修固城墙，做好一切防备，共同死守。

8. 数天后，燕军果然到达济南，筑垒围城。铁铉亲自领兵坚守，并派人急向都城金陵报警。

9. 建文帝看到德州失守、济南被围的消息，十分心慌，急忙下诏，命左都督盛庸主持军务，升铁铉为山东布政司使，帮办军事。

10. 燕军奋力攻击济南城，并射书信入城，敦促守军投降。铁铉读信
后，将它撕成碎片，掷出城外。

11. 燕王朱棣十分恼怒，令将士决水灌城。济南城进水后，百姓颇为恐慌。

12. 铁铉立即召集父老数百人，并派一些将士夹杂在父老当中，出城求降。

13. 燕王遂亲自出营察看。父老俯伏路旁，流着泪说："大王出师是为除奸佞，整朝纲，为民造福。大王是当今皇叔，民等是高祖皇帝百姓。大王若真心爱民，请单骑入城，民等当倾城欢迎。"

14. 燕王听得民心如此拥戴自己，满心喜悦，好言抚慰了一番，令父老们回城，说："明日我进城，希父老们做好准备。"

15. 父老和将士回城后，铁铉即派数百名壮士暗伏城头，悬吊着一块千斤铁板，专候燕王到来。

16. 次日，燕王只带劲骑数人，骑马缓缓行过吊桥。见城门大开，门内跪伏着许多父老和士卒，高呼千岁。燕王刚至城门前，突然听到头顶上空有响声，急忙勒住马头，铁板已骤然落下，板角砸着马首……

17. 燕王坐骑被砸死，燕王堕于地上，卫士急忙扶起，另换一马，纵辔越过吊桥，返回燕营。

18. 燕王怒不可遏，发誓要攻克济南，遂下令全军合力攻城。

19. 铁铉、盛庸、高巍、宋参军率众将士昼夜严密防守。因粮草充足，上下同心，燕军攻城三个月，济南仍未攻破。

20. 此时，建文帝已派兵二十万，乘虚收复了德州。

21. 燕王得悉德州已失，担心粮道被切断，并有腹背受敌的危险，只得撤围退兵。

22. 济南城是燕王自德州至明都城金陵的必争之地，终于被铁铉等将守住了，迫使燕王朱棣退回北平。建文帝遂下旨封盛庸为历城侯，擢升铁铉为兵部尚书。